Alberto Douglas Scotti

Cocina y ciencia

Una aventura de sabor y saber

PANAMERICANA
EDITORIAL

Douglas Scotti, Alberto
    Cocina y ciencia : una aventura de sabor y saber / Alberto
Douglas Scotti ; ilustrador Filippo Pietrobon. -- Editora Diana
López de Mesa O. -- Bogotá : Panamericana Editorial, 2011.
    44 p. ; 27 cm.
    Incluye índice.
    Título original : Scienza e cucina.
    ISBN 978-958-30-3715-3
    1. Cocina 2. Gastronomía I. Pietrobon, Filippo, il.
II. López de Mesa O., Diana, ed. III. Tít.
641.5 cd 21 ed.
A1290799

    CEP-Banco de la República-Biblioteca Luis Ángel Arango

Primera edición en Panamericana Editorial Ltda., julio de 2011

Título original: *Scienza e cucina*
© 2009 por Volo Pubilcher srl, Italia

Textos: Alberto Douglas Scotti
Ilustraciones: Filippo Pietrobon
Proyecto gráfico y diagramación original: SilviaTanini
Asesoría científica: Emanuela Busà, Valeria Del Gamba

© 2011 Panamericana Editorial Ltda. de la traducción al español
Calle 12 No. 34-30
Tel.: (57 1) 3649000
Fax: (57 1) 2373805
www.panamericanaeditorial.com
Bogotá D.C., Colombia

Traducción del italiano: Gabriela García de la Torre
ISBN: 978-958-30-3715-3

Impreso por Panamericana Formas e Impresos S.A.
Calle 65 No. 95-28. Tels.: (57 1) 4302110 - 4300355.
Fax: (57 1) 2763008
Bogotá D.C., Colombia
Quien solo actúa como impresor.

Impreso en Colombia   *Printed in Colombia*

Tabla de contenido

Cocina   Ciencia

Presentación

Algunos hábitos los aprendes de pequeño al verlos y repetirlos, especialmente si tuviste la suerte de nacer en una familia de cocineros y si al regreso del colegio pasaste algún tiempo en la cocina.

Al crecer, la vida te aleja del nido, pero a la postre vuelves de nuevo a la casa de tu infancia, en un recorrido muy parecido al que sigue este libro. Como bióloga molecular (sí, exactamente, uno de esos brujos que cruzan el ADN de los ratones con el de las plantas de tomate...) regreso a la cocina familiar, pero con toda la información de las transformaciones moleculares tan precisa y científica que se acerca al arte: es la cocina tal como la conocemos hoy en día.

Es una cocina que se nos presenta en toda su riqueza y que resulta aún más atractiva gracias a toda la información disponible en libros, videos, blogs, recetas y programas de televisión. La cocina, las bebidas y las discusiones sobre recetas, procedimientos e ingredientes parecen haber monopolizado los medios de comunicación.

Por supuesto que esto se debe en gran parte al interés del mercado y del entretenimiento; muchas veces el acercamiento a la cocina italiana es superficial y poco o nada tiene que ver con su verdadera cultura y organización. Por suerte o por desgracia, el estudio de estos aspectos fundamentales de la cocina italiana están expresados en un solo libro: el de Artusi*.

Entonces bienvenidos los libros (¡se leen aún y mucho, no solo los electrónicos!) dirigidos a los jóvenes, que se ponen en la tarea de conjugar la pasión y el amor por una alimentación buena y saludable con el rigor y la divulgación científica.

Como bióloga, no puedo más que deleitarme al descubrir página tras página a los grandes maestros, quienes han hecho de este mundo un lugar más bello y, sobre todo, mejor.

Andrea Gori**

* Artusi, Pellegrino, *La scienza in cucina e l'arte di mangiar bene*, Grandi Tascabili Economici, Newton & Compton, Roma, 1975 (N. de la T.).
** Bióloga, genetista, propietaria de restaurante y sumiller: www.sommelierinformatico.it, www.burde.it

La receta
La preparación se describe paso a paso de forma simple y clara.

Cocina

Pollo relleno

Corta, rellena y cocina

Preparamos como plato fuerte un pollo relleno. Una vez eliminados el cuello, las puntas de las alas y las patas, se realiza una incisión en el dorso y se cortan los huesos de las alas y de los perniles. Con un cuchillo pequeño se separan los huesos de la carne y se retiran la rabadilla, la espina dorsal, las costillas y todas las vísceras. Se rellena el pollo con una mezcla de mortadela, salchicha, huevos, queso parmesano y miga de pan humedecida en leche, adicionada con un poco de nuez moscada, sal y pimienta. Se cierra bien el pollo para que no se salga el relleno, y se pone a hervir durante una hora en agua sazonada con cebolla, zanahoria, tomate y apio.

Cómo es el cuerpo de un animal?

Ingredientes
- ✓ Un pollo entero
- ✓ 200 g de mortadela
- ✓ Salchichas
- ✓ Dos huevos
- ✓ Queso parmesano rallado
- ✓ Miga de pan
- ✓ Leche
- ✓ Nuez moscada
- ✓ Cebolla
- ✓ Zanahoria
- ✓ Tomate
- ✓ Apio
- ✓ Sal y pimienta

Evolución y adaptación
En el curso de la evolución, el cuerpo de los animales se ha modificado adaptándose a las exigencias del ambiente. En las imágenes de la derecha se pueden apreciar analogías y diferencias en la estructura ósea de una extremidad. Los primates, como el hombre y los simios, se caracterizan, por ejemplo, por tener la posibilidad de doblar el pulgar para agarrar objetos.

12

Los pasos
La receta viene acompañada de ilustraciones que explican los distintos pasos de la preparación.

Los ingredientes
Se especifican las cantidades y los ingredientes

Cómo funciona este libro

Este libro se desarrolla de acuerdo con el curso de una día normal: comienza con el desayuno, continúa con una merienda a media mañana, sigue con el almuerzo (entrada, plato principal, acompañamientos), para luego pasar a la merienda de la tarde, la cena y finalmente una buena infusión aromática antes de ir a la cama.

A cada una de las comidas se le dedica una doble página: a la izquierda encontrarás una receta; a la derecha un texto breve, acompañado con ilustraciones y viñetas que complementan las explicaciones científicas relacionadas con cada receta.

De esta manera, el libro puede utilizarse simultáneamente como un libro de cocina, un manual de ciencia y un viaje por la historia del saber, desde los antiguos griegos hasta nuestros días.

¡Feliz lectura y buen apetito!

La explicación científica
Los procesos científicos relacionados con la receta se describen de manera clara y comprensible.

La ilustración principal
Una gran ilustración central explica la ejecución de la receta y los principios científicos relacionados con la misma.

El personaje
Encontrarás información esencial de algún científico que haya realizado estudios o descubrimientos importantes relacionados con el tema tratado.

Los complementos
Viñetas e ilustraciones tratan en detalle algunos temas específicos.

Una pequeña advertencia:
Aunque las recetas son fáciles y han sido pensadas para que las realicen los niños, es aconsejable la supervisión de un adulto en los pasos de preparación, como cortar, triturar y licuar, y durante la cocción.

Huevos y tocineta

Un desayuno distinto

Ayer llegó de visita John, mi amigo inglés, y esta mañana nos preparó un desayuno especial. Derritió un poco de mantequilla en una pequeña sartén, puso dos huevos a freír, y cuando estuvieron listos los retiró de la sartén. Luego puso algunas lonjas de tocineta a tostar y cuando ya estaban crocantes las puso sobre los huevos fritos. Luego llevó todo a la mesa, con jugo de naranja y tajadas de pan tostado.

–En Inglaterra, muchas veces desayunamos así... Hace mucho frío en donde vivo...

¿Por qué John dijo esto?

Ingredientes

✓ Dos lonjas de tocineta
✓ Dos huevos
✓ Mantequilla
✓ Dos naranjas
✓ Tajadas de pan

Carbohidratos
El pan, las galletas y los alimentos como la pasta, el arroz y los demás cereales contienen carbohidratos, que a través de la digestión se transforman para dar al organismo la energía necesaria para su correcto funcionamiento.

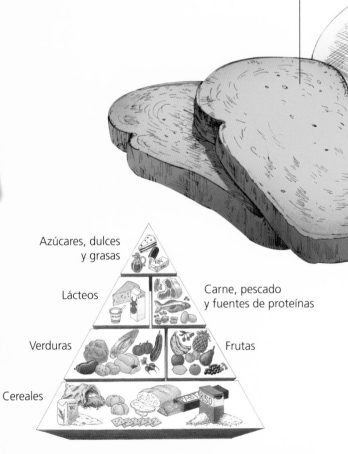

La pirámide alimentaria

Este esquema indica la cantidad de alimentos necesaria para una correcta nutrición. En la base están los que deben consumirse en mayor cantidad, los alimentos ricos en carbohidratos; y en la cúspide, aquellos que deben consumirse menos, los alimentos ricos en grasas y dulces.

Azúcares, dulces y grasas

Lácteos

Carne, pescado y fuentes de proteínas

Verduras

Frutas

Cereales

Proteínas
La yema del huevo y la carne contienen proteínas indispensables para el crecimiento de todos los seres vivos. Las proteínas pueden ser consideradas los "ladrillos" con los cuales se construye el cuerpo humano.

Agua, vitaminas y azúcares

La fruta fresca contiene muchas vitaminas que regulan las reacciones químicas y sirven, además, para estimular las funciones del cuerpo y asimilar correctamente los alimentos. Los azúcares de las frutas proveen energía de la cual el cuerpo puede disponer inmediatamente. El agua también es muy importante, tanto la que bebemos como aquella que contienen los alimentos. Alrededor del 60 % del cuerpo de un adulto está compuesto por agua.

Las calorías

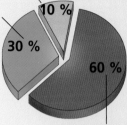

Digestión y asimilación

Actividad física voluntaria

10 %

30 %

60 %

Respiración, circulación, mantenimiento de la temperatura

Energía para el cuerpo

En la mañana el cuerpo necesita nutrientes que proporcionen la energía que requiere el cuerpo para hacer las actividades del día. Cerca del 70 % de la energía necesaria se utiliza en los mecanismos internos del organismo, como hacer latir el corazón, respirar, hacer funcionar los intestinos y mantener la temperatura del cuerpo alrededor de los 37 °C. Por esta razón, en los países en los que el tiempo atmosférico es muy frío se consumen más los alimentos que proveen mucha energía. La cantidad de energía contenida en los alimentos se mide en calorías. Los alimentos ricos en grasas (aceite y mantequilla) o en azúcares (frutas, miel) contienen muchas calorías.

Energía necesaria

Un adulto necesita cada día al menos 24 kilocalorías (cuya abreviatura es kcal) por cada kilogramo de peso solo para las funciones fundamentales del organismo. La cantidad necesaria cambia con la edad, el género (es decir si eres hombre o mujer) y el tipo de actividad que realizas. Un joven de 10 años, por ejemplo, necesita al menos 2100 kcal al día.

Practicar un deporte o hacer trabajo pesado, como cortar leña, consume 600 kcal por hora.

Trabajar o estudiar consume 170 kcal por hora.

Grasas

La mantequilla y la grasa de la tocineta representan una reserva energética. Las grasas o lípidos poseen un alto valor energético. Sirven también para la construcción de algunos tejidos, como el nervioso.

James Lind
(1716-1794)

El médico escocés James Lind investigó la importancia de una nutrición equilibrada. En las embarcaciones en las cuales trabajaba, estudió las enfermedades que atacaban a los marineros. Descubrió que muchos de ellos se enfermaban porque la dieta que llevaban era pobre en vitaminas, en particular vitamina C, cuya deficiencia en el organismo causa escorbuto, una dolencia caracterizada por hemorragias en las encías, pérdida de los dientes y debilidad general. Los marineros recuperaban la salud consumiendo cítricos y tomando jugo de naranja y limón.

Limonada helada

Jugo de fruta

Son las diez. Es un día muy bonito y estuve en el parque, corrí y jugué fútbol. Hacía mucho calor y cuando volví a la casa me preparé una limonada,

con el jugo de dos limones, un poco de agua y dos cucharadas de azúcar. Puse también un par de cubos de hielo para que quedara más fría. El hielo flota en el vaso, al igual que una semilla de limón que se quedó en el jugo.

¿Por qué la cuchara metálica, al contrario de la semilla o el hielo, no flota?

Ingredientes

✓ Dos limones
✓ Dos cucharadas de azúcar
✓ Cubos de hielo

¿Por qué las embarcaciones no se hunden?

La semilla de limón, constituida por fibra vegetal, se mantiene a flote. La madera flota y por lo tanto no es extraño que los barcos de madera se mantengan en la superficie. En las embarcaciones de metal el peso del barco es menor que el del líquido que desplaza la parte sumergida en el agua: ¡los barcos flotan porque son huecos! Si el agua entrara en el barco, el peso de este aumentaría y se hundiría completamente.

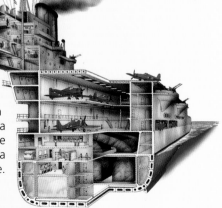

El exprimidor de cítricos

El jugo que se obtiene con el exprimidor está compuesto principalmente por agua. En ella flotan las fibras vegetales y algunas semillas.

El metal

La cuchara metálica se hunde porque pesa más que el líquido desplazado.

Globos aerostáticos

Los fluidos no necesariamente son líquidos, el aire también es un fluido. Un globo lleno de un gas más liviano que el aire, como el hielo en el agua, "flota", es decir, sube en el aire hacia el cielo. Si en cambio lo llenaras de aire caería al suelo. El aire caliente es más liviano que el aire frío, por eso, los globos aerostáticos llenos de aire caliente se elevan en el cielo.

El principio de Arquímedes

Si se pone un objeto en un líquido, ocupa espacio y desplaza el líquido en el que se encuentra sumergido. La cantidad de líquido desplazado tiene un peso: si el peso es mayor que el del objeto, este flota; si el peso del líquido desplazado es menor que el peso del objeto, este se hunde. El enunciado de este principio, descubierto por el griego Arquímedes en el siglo III a. C., es: Un cuerpo inmerso en un fluido recibe un empuje de abajo hacia arriba igual al peso del volumen del líquido desplazado.

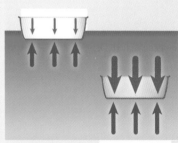

La flotación

Un recipiente vacío flota fácilmente; si se llena de agua, la suma del peso del recipiente y el peso del líquido en su interior es mayor que el empuje que recibe y, por lo tanto, se hunde.

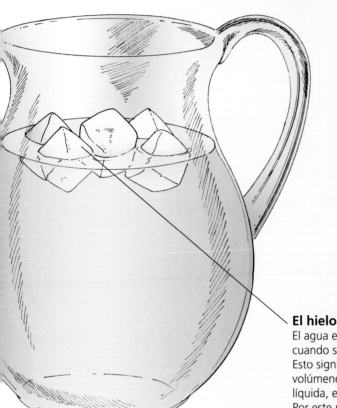

El hielo

El agua es una de las pocas sustancias que cuando se congela aumenta de volumen. Esto significa que si se comparan dos volúmenes iguales, uno de hielo y otro de agua líquida, el hielo será más liviano que el agua. Por este motivo, el hielo flota en el agua.

Los submarinos

Los submarinos pueden navegar en la superficie del agua, como los barcos, pero también pueden desplazarse en las profundidades o entre la superficie y el lecho marino. Tienen un tanque que pueden llenar de aire o agua, que les permite balancear el peso y controlar el nivel exacto de flotación.

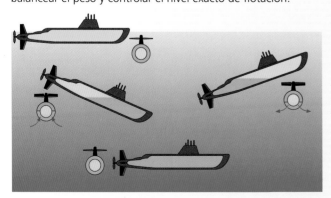

Arquímedes de Siracusa
(287-212 a. C. aprox.)

Arquímedes es uno de los físicos de la antigüedad más importantes de la historia. Vivió en Sicilia, que en ese entonces estaba habitada por los griegos, y creó muchas máquinas, que incluso usamos hoy en día. Además de dar el nombre al principio de flotación de los objetos, realizó importantes estudios en Astronomía y Geometría, y explicó el funcionamiento de las palancas, del plano inclinado y del tornillo.

Cocina

Pasta al pesto

Un condimento sabroso

Para almorzar, preparemos una pasta al pesto.
Tendremos que licuar o machacar todos los ingredientes
en un pequeño mortero (por esto se llama "pesto", del
italiano *pestare*, que significa "machacar") .

Tomamos albahaca fresca, piñones, queso
parmesano rallado, ajo, aceite y una pizca
de sal y los licuamos hasta reducirlos en
pequeños pedazos sin que se deshagan por
completo. Puedes agregar algunas nueces o usar queso
pecorino en lugar del parmesano.

Cocinamos la pasta, la colamos, la ponemos en una
fuente y la cubrimos con el pesto. Si se necesita más
agua para diluir el pesto, se puede conservar un poco
de la que se utilizó para cocinar la pasta.

¿Por qué el aroma me hace agua la boca?

Ingredientes

- ✓ Albahaca fresca
- ✓ Piñones
- ✓ Queso parmesano o pecorino
- ✓ Aceite
- ✓ Ajo
- ✓ Sal
- ✓ Pasta

Sustancias volátiles
La albahaca, el queso, el aceite y el ajo
contienen sustancias que se liberan al
contacto con el aire (por lo cual se llaman
volátiles), que entran en las fosas nasales
y estimulan las sensaciones olfativas.

Piñones
Los piñones contienen aceites
esenciales que tienen
un aroma característico.

Aromas intensos
Cortar, desmenuzar, machacar o
triturar los distintos ingredientes
facilita la salida de las moléculas de
sustancias volátiles que se dispersan
en el aire. Compruébalo al triturar
un diente de ajo o una cebolla.

Gusto y olfato
Son dos sentidos estrechamente
relacionados. De hecho, los aromas
estimulan tanto las papilas gustativas
presentes en la lengua como los receptores
del olfato de las cavidades nasales.
La información se transmite al cerebro y se
elabora en una zona llamada ínsula, que
permite reconocer sabores y olores.

Aire caliente

El aire caliente que sale del plato de pasta humeante ayuda a esparcir los aromas y aumenta la percepción de los olores. Por este motivo, un plato frío es generalmente menos sabroso que uno caliente.

El gusto y el olfato

Los mensajes de los sentidos

Vista, oído, tacto, olfato y gusto son los "canales" a través de los cuales nos percatamos del mundo a nuestro alrededor. Cada uno de estos cinco sentidos tiene reacciones o despierta recuerdos de situaciones ya vividas. Con frecuencia, estas sensaciones se relacionan entre ellas. Cuando comemos algo que nos gusta, el sabor de la comida se percibe por la lengua y por la nariz, que comunican al cerebro una agradable sensación. No es raro que al ver la foto de un plato de pasta al pesto, o tocando las hojas de albahaca, el cerebro recuerde el sabor y el olor, y estimule así la salivación, para que se nos haga "agua la boca".

La lengua

Sobre la superficie de la lengua las papilas gustativas reconocen los distintos sabores de la comida.

Albahaca

Existen más de 40 variedades de albahaca (*Ocimum basilicum*), algunas de las cuales se cultivan solo con fines ornamentales.

Receptores   Ínsula

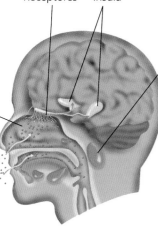

Las glándulas salivales

Dentro de la boca hay unas glándulas que producen saliva, ayudan a la masticación y la primera digestión. Algunos olores o sabores (por ejemplo, los del queso parmesano) estimulan la producción de saliva y provocan lo que se conoce comúnmente como "hacer agua la boca".

Kikunae Ikeda
(1864-1936)

En 1908, el químico Kikunae Ikeda, de la Universidad Imperial de Tokio, realizó importantes investigaciones sobre los sabores, que lo llevaron a identificar un gusto particular llamado *umami*, contenido en alimentos de sabor fuerte. El estudioso japonés aisló una sustancia llamada glutamato monosódico, que se encuentra en algunos alimentos y que se usa como "potenciador del sabor", por ejemplo en los cubos de caldo.

Cocina

Pollo relleno

Corta, rellena y cocina

Preparemos como plato fuerte un pollo relleno. Una vez eliminados el cuello, las puntas de las alas y las patas, se realiza una incisión en el dorso y se quitan los huesos de las alas y de los perniles. Con un cuchillo pequeño se separan los huesos de la carne y se retiran la rabadilla, la espina dorsal, las costillas y todas las vísceras. Se rellena el pollo con una mezcla de mortadela, salchicha, huevos, queso parmesano y miga de pan humedecida en leche, con un poco de nuez moscada, sal y pimienta. Se cierra bien el pollo para que no se salga el relleno, y se pone a hervir durante una hora en agua sazonada con cebolla, zanahoria, tomate y apio.

¿Cómo es el cuerpo de un animal?

Ingredientes

- ✓ Un pollo entero
- ✓ 200 g de mortadela
- ✓ Salchichas
- ✓ Dos huevos
- ✓ Queso parmesano rallado
- ✓ Miga de pan
- ✓ Leche
- ✓ Nuez moscada
- ✓ Cebolla
- ✓ Zanahoria
- ✓ Tomate
- ✓ Apio
- ✓ Sal y pimienta

Evolución y adaptación

En el curso de la evolución, el cuerpo de los animales se ha modificado adaptándose a las exigencias del ambiente. En las imágenes de la derecha se pueden apreciar analogías y diferencias en la estructura ósea de una extremidad. Los primates, como el hombre y los simios, se caracterizan, por ejemplo, por tener la posibilidad de doblar el pulgar para agarrar objetos.

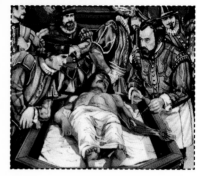

Anatomía y medicina

La anatomía, es decir el conocimiento del cuerpo de los animales y de los seres humanos, se estudia de manera científica solo desde el siglo XVI. Se necesitaron al menos tres siglos antes de que la medicina se adaptara a los nuevos conocimientos anatómicos.

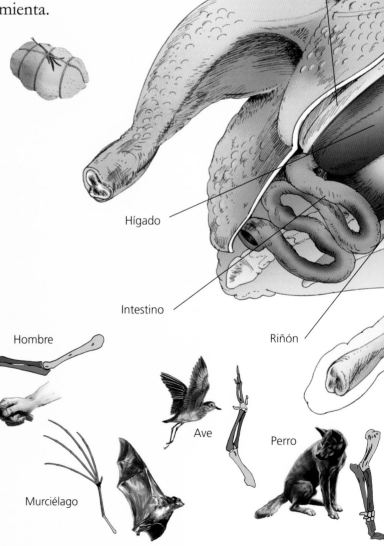

Hígado

Intestino

Riñón

Hombre

Ave

Perro

Murciélago

Leonardo da Vinci

Leonardo da Vinci (1452-1519) hizo una contribución importante al estudio de la anatomía humana con sus dibujos. En su época, muchos artistas estudiaban anatomía para poder reproducir la figura humana en sus obras lo más fielmente posible.

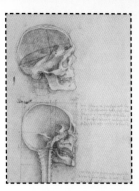

La anatomía de los vertebrados

El esqueleto: la estructura del cuerpo

Los animales que tienen un esqueleto interno de huesos fuertes se llaman vertebrados. El esqueleto es una suerte de estructura, una columna de soporte sobre la cual se apoyan los músculos y los tendones, y que protege órganos delicados como el cerebro, los pulmones o el corazón. Los peces, los anfibios, los reptiles, las aves y los mamíferos (por lo tanto, también los seres humanos) son vertebrados. Todos ellos poseen cabeza, donde están los órganos principales de los sentidos, el cerebro y la boca; tronco, donde se ubica el sistema respiratorio, el corazón, el sistema digestivo; y extremidades, en general cuatro, que sirven para desplazarse, capturar presas o agarrar objetos.

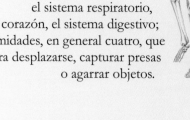

Corazón

Estómago

Tráquea

Columna vertebral

Costilla

Pulmón

Hueso de la extremidad

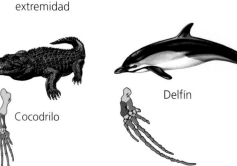

Cocodrilo

Delfín

Andreas Vesalio
(1514-1564)

Andreas van Wessel fue un importante médico de Bruselas, en Flandes, Bélgica. Fue el primero en estudiar científicamente el cuerpo humano, observando los cadáveres y haciendo disecciones, es decir, abriendo los cuerpos para estudiar su interior. Su obra *De Humani Corporis Fabrica* (La estructura del cuerpo humano, 1543) es un texto fundamental en el estudio de la anatomía.

Cocina

Ensalada rusa y gelatina

Un buen acompañamiento

Un acompañamiento para el pollo relleno es
la ensalada rusa. Se ponen a hervir y se cortan
en cubos papas, habichuelas, zanahorias
y huevos, y se mezclan con la mayonesa.
Si quieres preparar la mayonesa en casa,
mezcla dos yemas de huevo crudo
y agrégales lentamente gotas de aceite hasta
obtener una crema densa y uniforme. Luego
añade zumo de limón, sal y pimienta al gusto.
Para la gelatina, existen
preparaciones ya listas en polvo,
que se disuelven en agua caliente
y luego se ponen a enfriar en un
recipiente en el refrigerador.
–Mantén todo refrigerado –dice mi mamá–,
de lo contrario, con este calor, la gelatina
se derretirá.

*¿Por qué los huevos duros no se derriten,
aunque los calientes?*

Ingredientes

✓ Papas
✓ Habichuelas
✓ Zanahorias
✓ Huevos

Para la mayonesa:
Huevos, aceite y limón

Para la gelatina:
Gelatina sin sabor y agua.

Sal y vinagre: Una solución

Un poco de sal en un vaso de
vinagre se disuelve, creando una
solución: los componentes no
se pueden separar con un filtro.
Solo haciendo evaporar el líquido,
quedará la sal en el fondo del vaso.

Mayonesa: Una emulsión

La mayonesa es una emulsión,
en la que las partículas de grasa
(aceite) circundan las partículas de
un líquido (clara y yema del huevo).

Sal y pimienta: Mezcla

Si unes sal y pimienta, obtienes
una mezcla, es decir, un conjunto
en el cual los componentes
mantienen sus características
y se pueden separar, por ejemplo
disolviendo la sal en el agua.

Pimienta y vinagre:
Una suspensión

Si pones un poco de pimienta en vinagre, no se disolverá: una parte se quedará flotando mientras que los gránulos más pesados permanecerán suspendidos un rato en el vaso y luego se depositarán en el fondo. Esto se conoce como una suspensión. Después se podrán separar los componentes con un filtro o un colador de red muy fina.

Soluciones, mezclas y coloides

Cambios temporales o permanentes

Las sustancias se pueden unir y combinar entre ellas de varias formas, manteniendo las características propias o dando lugar a una nueva con propiedades diferentes. En algunos casos, es posible separar las sustancias originales con cierta facilidad. En otras ocasiones, los elementos se unen entre sí de una forma tan fuerte y sufren tales transformaciones que no es posible regresar al estado inicial. Algunos factores, como la temperatura, desempeñan un papel fundamental. Por ejemplo, al calentar o enfriar algunas sustancias, se pueden obtener cambios radicales, que pueden ser permanentes y definitivos.

Gelatina:
Un coloide reversible

La gelatina es un coloide reversible, es decir que dependiendo de la temperatura se solidifica (con el frío) o se vuelve líquido (con el calor).

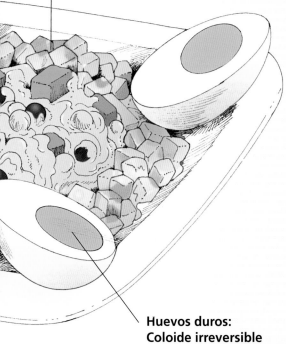

Aceite y vinagre:
Líquidos inmiscibles

Si viertes un poco de aceite en un vaso de vinagre, los dos líquidos permanecerán separados y el aceite se quedará a flote formando una capa uniforme. Cuando dos líquidos no se pueden mezclar se dice que son inmiscibles. En cambio, el agua y el vinagre pueden mezclarse, son miscibles.

Thomas Graham
(1805-1869)

Fue un químico escocés que estudió en profundidad los sistemas coloidales y las emulsiones. Son de gran importancia sus estudios sobre la difusión de los gases (ley de Graham), sobre la absorción de los gases en los líquidos y en los sólidos, además de su contribución fundamental a la fundación de la Chemical Society of London (1841), de la cual fue el primer presidente.

Huevos duros:
Coloide irreversible

La clara del huevo es un coloide irreversible: una vez se ha calentado se solidifica, y aun si cambias su temperatura no vuelve a su estado líquido.

Lechuga y repollo morado

La ensalada

Para la ensalada, preparemos un poco de lechuga mixta, como repollo morado, rúgula y lechuga batavia, para variar un poco el sabor. Para sazonar, usemos aceite de oliva, sal, pimienta y, si quieres, vinagre o limón. Preparar la lechuga es fácil: hay que lavarla bien bajo el agua fría. Pero ¿cómo se seca? Si uso un paño, se estropea; si espero a que se seque sola, pasará mucho tiempo... Mi hermana tiene una especie de recipiente con un canasto en su interior donde pone la lechuga, lo cierra con una tapa con una manija y luego la hace girar por un par de minutos y... la lechuga queda lista.

¿Cómo se secó la lechuga?

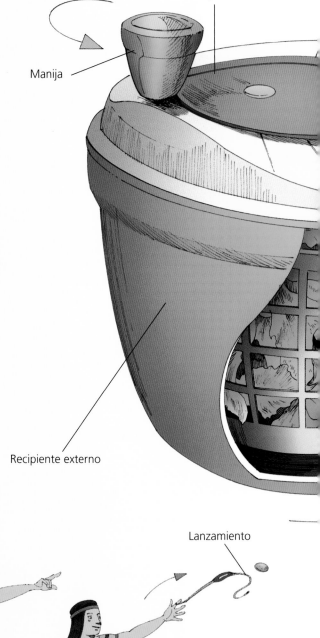

Tapa

Manija

Recipiente externo

Ingredientes

- ✓ Hojas de lechuga de varios tipos (lechuga batavia, repollo morado, rúgula)
- ✓ Aceite
- ✓ Sal
- ✓ Pimienta
- ✓ Vinagre o limón

Rotación

Lanzamiento

Honda

Piedra

La honda

El principio de la fuerza centrífuga se usa en la honda, una banda de cuero que lanza una piedra a gran velocidad. David usó esta arma para atacar al gigante Goliat.

La fuerza centrífuga

La vuelta de la muerte

En algunos parques de diversiones hay montañas rusas que realizan la vuelta de la muerte, es decir, hacen que los vagones den un giro completo: la fuerza centrífuga hace que no se caigan, aunque estén de cabeza.

La "fuga del centro"

El principio físico que permite que el agua se desprenda de las hojas de la lechuga es el de la fuerza centrífuga. Literalmente significa "fuerza que huye del centro", y sucede cada vez que hacemos rotar algo, por ejemplo un cordel al que se le amarra un pequeño peso en uno de sus extremos. Esta fuerza aumenta con la velocidad de rotación. En el recipiente para secar la lechuga, las hojas son empujadas por la rotación generada por la manija, hacia el exterior, pero el canasto las retiene. El agua, en cambio, sigue su "fuga del centro" y va a acumularse en el fondo del recipiente.

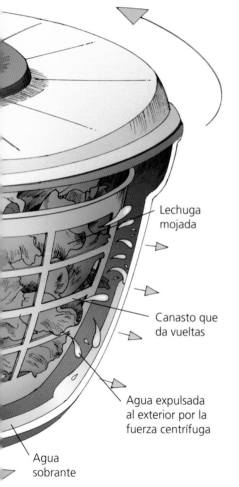

Lechuga mojada

Canasto que da vueltas

Agua expulsada al exterior por la fuerza centrífuga

Agua sobrante

Planetas, lunas y satélites

También los planetas, las lunas y los satélites artificiales rotan alrededor de un cuerpo central, aprovechando el equilibrio entre una fuerza centrípeta (es decir, la que tiende a atraerlos hacia el centro, como el sol o un planeta) y una fuerza centrífuga (la que tiende a alejarlos del centro). Si la velocidad que llevan fuera mayor a la que tienen en realidad, serían lanzados en el espacio; si viajaran más lento, serían atraídos por el sol o por el planeta hasta estrellarse contra él. En un sistema solar permanecen en órbita estable solo los cuerpos en los cuales las fuerzas centrífuga y centrípeta se encuentran en equilibrio.

La lavadora

También en la lavadora está presente la fuerza centrífuga: sirve para retorcer la ropa lavada con un sistema muy parecido al que se usa para secar la lechuga.

Johannes Kepler
(1571-1630)

Este astrónomo y matemático alemán formuló las tres leyes que rigen el movimiento de los planetas en órbitas elípticas regulares alrededor del Sol. Su principal obra es *Armonía del mundo*, de 1619. Estudió en particular la órbita de Marte, basándose en las observaciones realizadas por su maestro, el astrónomo danés Tycho Brahe.

Pinchos mixtos

Como pequeñas espadas

Los pinchos mixtos son fáciles de preparar: solo debes cortar carne en pedacitos, verduras y pan para tostar y ensartarlos en palillos para pinchos, que generalmente son de madera o metal. Saben más rico si se intercalan: una rodaja de calabacín, un pedazo de carne de cerdo o de res, un pedazo de pimentón, media salchicha, una hoja de laurel, un pedazo de pan, de nuevo un pedazo de carne y así sucesivamente hasta llenar ⅔ del palillo. Es necesario dejar libre un extremo del palillo, porque se cuecen a la brasa y se deben girar continuamente, de lo contrario se quemarían.

Los pinchos de madera calientes se pueden tocar con los dedos, con un poco de cuidado; mientras que los de metal, nunca. ¿Por qué los de metal queman?

Ingredientes

- ✓ 200 g de carne de res
- ✓ 200 g de carne de cerdo
- ✓ 4 salchichas
- ✓ 2 calabacines
- ✓ Un pimentón rojo, uno verde y uno amarillo
- ✓ Pan para tostar
- ✓ Hojas de laurel

Buen conductor
Los metales en general son excelentes conductores de calor, pues este se difunde rápidamente en todo el objeto.

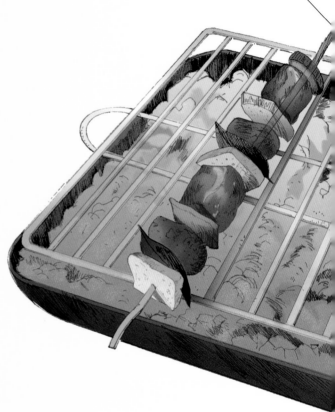

La dilatación
Si los calentamos, los metales y casi todos los líquidos, con excepción del agua, se dilatan, es decir aumentan de volumen, aunque lo hacen de forma distinta los unos de los otros. El mercurio, por ejemplo, se dilata de cierta forma, observación que resultó en la invención del termómetro, que mide la temperatura.

El mercurio se dilata con el calor y sube a lo largo del tubo.

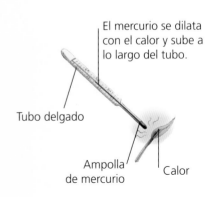

Tubo delgado

Ampolla de mercurio

Calor

Mal conductor

La madera es un mal conductor de calor. Por esto es posible coger con la mano, sin quemarse, el extremo que no está en contacto directo con el calor.

El atizador

El metal del atizador transmite calor.

La conducción del calor

El calor como energía

La energía se presenta en varias formas: una de estas es el calor, que está relacionado con el movimiento de las minúsculas partículas (moléculas, átomos, electrones) de las cuales están compuestas todas las cosas. Cuando decimos que un cuerpo absorbe calor, significa que está aumentando el movimiento de estas partículas. Cada sustancia tiene un comportamiento particular: algunas transmiten (el término científico es "conducen") el calor de forma más rápida que otras, que prácticamente no lo conducen y se llaman aislantes. En un objeto metálico los electrones pueden moverse libremente en su interior. Si se exponen al calor, es decir a la energía, ellos se mueven más rápidamente y chocan unos con otros, transmitiendo el calor a todo el objeto. En el caso de la madera, en cambio, los electrones no pueden moverse libremente y por lo tanto, aunque encendamos fuego en el extremo de un bastón podremos sostener el otro extremo sin quemarnos.

La antorcha

La madera de la antorcha no conduce el calor.

Núcleo — Electrones

Un átomo

Todas las cosas están compuestas por átomos, que a su vez están formados por un núcleo central y partículas a su alrededor aún más pequeñas, los electrones.

Benjamin Thompson Rumford
(1753-1849)

Benjamin Thompson, conde de Rumford, fue un científico estadounidense que vivió en Alemania. Fue ministro de guerra y de policía en Baviera y fue el primero en demostrar que el calor es una forma de energía, relacionada con el movimiento microscópico casual de las partículas que componen los cuerpos. Durante siglos se pensó que el calor era una sustancia como el agua o los metales.

Calabacines rellenos

Redondos y alargados

Mi hermana compró tres calabacines alargados y tres redondos, todos del mismo peso. Extraemos la pulpa de los calabacines ayudándonos con un utensilio especialmente diseñado para ello. En una sartén, calentamos el aceite, y salteamos perejil, cebolla, carne y jamón picados finamente, y luego agregamos la pulpa de los calabacines.

Añadimos un huevo y el pan remojado en leche, para formar una masa suave con la cual llenamos los calabacines. Los calabacines redondos se cubren con la tapa que habíamos retirado al comienzo, y los ponemos en una lata para hornear, previamente engrasada con aceite. Los calabacines alargados necesitan media hora en el horno, pero los redondos necesitan más tiempo para cocinarse completamente.

¿Por qué?

Ingredientes

✓ 3 calabacines alargados
✓ 3 calabacines redondos
✓ 200 g de carne de ternera molida
✓ 100 g de jamón picado
✓ Pan remojado en leche
✓ Un huevo
✓ Cebolla
✓ Perejil
✓ Aceite
✓ Sal

La "tapa"

Los calabacines redondos se cortan de manera que se pueda conservar la parte superior, que servirá como tapa.

El cilindro

El calabacín alargado es como un cilindro. Si un calabacín tiene un radio de 1.5 cm y una longitud de 15 cm, su volumen es de 106 cm^3 y la superficie es de aproximadamente 156 cm^2. Esto significa que en su volumen la superficie de un calabacín redondo es 30 % más pequeña que la de un calabacín alargado.

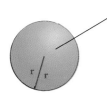

Esfera
Superficie = $4\pi r^2$
Volumen = $4/3\,\pi r^3$

Superficie y volumen

Cilindro
Superficie = $2\pi r (r + h)$
Volumen = $\pi r^2 h$

La esfera
El calabacín redondo es como una esfera. Si el radio de la esfera es de aproximadamente 3 cm, su volumen será de unos 106 cm³ y su superficie tendrá unos 108 cm².

Las reglas de la geometría
Cualquier objeto puede representarse con una forma geométrica. Por ejemplo, una naranja o una albóndiga son más o menos esferas, un fideo es un cilindro muy alargado y la ensalada de frutas está hecha de cubitos.

Existe una relación entre la forma de un cuerpo, su superficie y su volumen. Si tomamos una esfera, un cubo y un cilindro con el mismo volumen; la esfera, aun teniendo el mismo volumen, tiene una superficie menor. Esto significa que el área en contacto con el exterior es menor respecto a la de los otros sólidos, y trae consigo algunas consecuencias: dado que es la superficie externa la que permite disipar o absorber el calor, un alimento en forma de esfera se cocinará en un tiempo mayor respecto a uno de forma cilíndrica. En el caso de los calabacines de igual volumen, el calabacín alargado (cilindro) tiene una superficie expuesta al calor mayor que la superficie del calabacín redondo (esfera).

Caliente y frío
Si tienes frío, cruza los brazos sobre el pecho, dobla las rodillas y acerca las piernas al cuerpo, como si fueras a tomar la forma de una pelota. Si quieres sentir una brisa fresca y caliente, extiende las piernas y los brazos, de esta forma dejas expuesta una mayor superficie al aire.

Euclides de Megara
(450-380 a. C. aprox.)

Las principales relaciones entre las dimensiones, superficies y volúmenes de los sólidos las estudió el matemático griego Euclides, que vivió entre los siglos IV y V a. C. Su principal obra, *Los elementos*, demuestra 465 proposiciones y teoremas en 13 libros. Esta obra también contiene un número igual o mayor de lemas y corolarios.

Ensalada de frutas

Festival de sabores y colores

Nada mejor que una rica ensalada de frutas para cerrar el almuerzo. Escogemos algunas frutas frescas y maduras, las lavamos, las pelamos bien y las cortamos en trocitos. Podemos recoger el líquido que sale de las frutas en esta preparación. Agregamos un poco de jugo de naranja o limón, endulzamos con un toque de azúcar y refrigeramos por una hora.

Algunas frutas tienen semillas en su interior, en la superficie, otras casi no tienen y algunas tienen solo una semilla grande. Hay frutas en racimos y otras en cambio tienen gajos.

¿Por qué las frutas son tan distintas unas de otras?

Ingredientes

✓ Fruta fresca (fresas, kiwi, ciruelas, bananos, albaricoques, duraznos, peras, manzanas, uva, melón, etc.)
✓ Jugo de limón
✓ Azúcar

Cítricos
El fruto de los cítricos se denomina hesperidio: tiene una cubierta más o menos gruesa y la pulpa está dividida en gajos o dientes que contienen semillas en la parte central.

Uva
La uva se presenta en racimos. Cada una contiene pequeñas semillas. La uva es una baya, como la grosella, y aunque parezca extraño, como los tomates y los pimentones.

Nueces
Las nueces son drupas, como los duraznos. La parte de la pulpa de las nueces es muy delgada y no es comestible: en cambio sí lo es la semilla en su interior, que se obtiene rompiendo la cáscara dura y leñosa.

Fresas
La parte roja y dulce que nos comemos de la fresa, no es propiamente el fruto, sino solo un soporte, llamado receptáculo, que sostiene los verdaderos frutos, los aquenios, es decir las pequeñas "semillas" oscuras que se encuentran en la superficie.

Albaricoques y duraznos
Los albaricoques y los duraznos son drupas: tienen una pulpa consistente que suele desprenderse fácilmente de una dura semilla central.

Peras y manzanas

Las peras y las manzanas son pomos: en general tienen cáscara delgada y las semillas se encuentran a lo largo del corazón, que es una estructura central más fibrosa.

Melón

El melón tiene una cáscara gruesa y resistente. Las semillas están concentradas en la parte central, generalmente en una cavidad. El fruto del melón, como el de la calabaza y el del pepino, se conoce como pepónide.

Bananos

Los bananos tienen una cáscara gruesa, que se separa bien de la pulpa, y que se divide en tres partes, llamadas carpelos. Las semillas, si se presentan, son muy pequeñas y oscuras.

Semillas, frutos, tubérculos y raíces

¿Fruta o verdura?

La distinción entre frutas y verduras no es científica: consideramos verduras el fruto de muchos vegetales, y no solo el fruto. Además, con el nombre de fruta o verdura reunimos especies vegetales y partes de las plantas muy distintas entre ellas. Algunas ni siquiera son frutos propiamente dichos: los higos, por ejemplo, son infrutescencias, la coliflor o el brócoli son inflorescencias, mientras que las alcachofas y las alcaparras son en realidad flores. Por otra parte, las zanahorias son raíces, y las papas, tubérculos. Denominar y clasificar las plantas y animales constituyó un problema para los estudiosos, hasta que se introdujo un sistema que usa dos términos en latín: por ejemplo, el nombre científico del tomate es *Solanum lycopersicum*, el de la papa es *Solanum tuberosum*.

Kiwi

El kiwi es una baya: tiene pequeñas semillas y una cáscara con una especie de vellos.

Carlos Linneo
(1707-1778)

Es considerado el padre de la clasificación científica moderna de los seres vivos, basada en dos términos latinos que indican respectivamente el género (un nombre) y la especie (un adjetivo). De este modo, puede identificarse cada planta y animal sin equívocos y sin recurrir a nombres largos y complicados. Su principal obra es *Sistema de la naturaleza*, de 1735.

Zumos y jugos de fruta

Música con los vasos

Para la merienda de la tarde, tenemos algunas bebidas, jugos de fruta y agua. Vertemos las bebidas en vasos de distintas medidas, unos  los llenamos hasta la mitad, otros hasta el borde, y algunos los dejamos casi vacíos. Al golpear ligeramente el borde de los vasos, me doy cuenta de que cada uno emite un sonido distinto, dependiendo del tamaño del vaso o del nivel del líquido del mismo.

¿Por qué?

Ingredientes

✓ Vasos y botellas de distintos tamaños
✓ Bebidas (jugos de fruta, agua, etc.)

Niveles distintos
Entre recipientes de dimensiones iguales, el que está lleno de líquido emitirá un sonido más grave (bajo y profundo) que aquel que está vacío.

Recipientes distintos
Cuanto más amplio sea el recipiente, más grave será el sonido: un plato sopero dará un sonido más bajo que el de una copa, cuyo sonido será agudo (alto).

El sonido

Altura, timbre y volumen

Los sonidos cambian en altura, es decir que van desde el agudo, como el de una campanilla o el de un violín, hasta el grave, como el de una campana de iglesia o el de un contrabajo. Se pueden clasificar también por el timbre, o sea por la "calidad" del sonido, que permite diferenciar, por ejemplo, una guitarra de un trombón. Por otra parte, el volumen de los sonidos indica la intensidad, como la diferencia que hay entre un susurro y un grito tuyo. En cuanto a la altura de un sonido, ella está determinada por las dimensiones del objeto que vibra, o por la tensión de una cuerda: un objeto muy grande producirá un sonido grave, una cuerda muy tensa emitirá un sonido agudo.

En el caso de los vasos, la nota depende de la cantidad de agua, pues un vaso lleno es más pesado, vibra más lentamente y produce sonidos más bajos.

Materiales distintos

El material del que está hecho el recipiente influye en el timbre del sonido, es decir, en la calidad del mismo. No obstante, no influye en su altura: dos recipientes con las mismas dimensiones, uno de vidrio y otro de metal, emitirán la misma nota, pero con un timbre distinto.

Vibraciones

Los sonidos se generan cuando un objeto vibra. En un instrumento musical, tubos, cuerdas, membranas y láminas vibran cuando se golpean, pellizcan, frotan o cuando los recorre un flujo de aire.

Líquidos diferentes

El tipo de líquido no influye en el sonido: dos vasos iguales, con el mismo nivel de líquido, uno con agua y el otro con limonada, emitirán el mismo sonido.

Benjamin Franklin
(1706-1790)

Científico, inventor, escritor, editor, tipógrafo, filósofo, político y benefactor, Benjamin Franklin fue protagonista de muchos e importantes episodios de la historia del siglo XVIII: escribió la Declaración de independencia de los Estados Unidos, fue embajador y, con la invención del pararrayos, descubrió la naturaleza eléctrica de los rayos. Además, creó los anteojos bifocales, para ver de lejos y leer de cerca, desarrolló una estufa de alto rendimiento, optimizó el servicio postal, creó el cuerpo de bomberos, promovió y fue instructor de cursos de natación; también construyó un instrumento musical, la armónica de cristal, hecha con copas de vidrio de distintos tamaños.

Torta de yogur

Un buen postre

Hoy es el cumpleaños de mi hermano y le voy a preparar una torta. Se mezclan las yemas de los huevos con el azúcar, y después se agregan el yogur, el aceite, la cáscara de

limón y una pizca de sal. Aparte se baten a punto de nieve las claras de huevo y se integran a la mezcla junto con la harina, la esencia de vainilla y la levadura disuelta en leche, y se revuelve suavemente.

Se unta bien con mantequilla un molde para tortas, se vierte la mezcla y se hornea a 180 °C por unos 40 minutos. Una vez se haya enfriado, se cubre con una capa delgada de azúcar en polvo y se sirve.

¿Qué hace que la torta sea esponjosa?

Ingredientes

✓ Un vasito de yogur blanco
✓ 150 g de azúcar
✓ 300 g de harina
✓ ¾ de vasito (el del yogur) de aceite vegetal
✓ Tres huevos
✓ Una bolsita de levadura
✓ Esencia de vainilla
✓ ½ vasito (el del yogur) de leche entera
✓ La cáscara rallada de un limón

Quesos

Muchos quesos adquieren su sabor característico gracias a microorganismos que intervienen durante su maduración, es decir el proceso de envejecimiento. En algunos quesos, como el gorgonzola, los hongos están presentes de modo evidente.

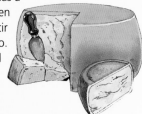

Yogur

El yogur se forma gracias al trabajo de microorganismos *(Lactobacillus bulgaricus)*, que transforman la leche entera hasta volverla densa, cremosa y de un sabor ligeramente ácido.

Las bacterias

Las bacterias como la de la *Salmonella typhi*, responsable del tifo, se forman a partir de una sola célula, muy primitiva. Las bacterias

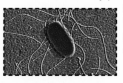

se pueden encontrar también en muchos alimentos, como las verduras y los huevos.

La importancia de los hongos

Ciertos descubrimientos casuales han revelado la importancia de algunos tipos de hongos. El más determinante de ellos lo realizó en 1929 el médico inglés Alexander Fleming, quien descubrió el poder antibiótico del *Penicillum notatum*, un hongo que por casualidad había llegado a una de las mezclas de sus experimentos. Así nació la penicilina.

Levaduras y bacterias

Los microorganismos están presentes prácticamente en todo: en alimentos, objetos, en el suelo, en el aire, incluso en nuestro cuerpo. Algunos de ellos son responsables de enfermedades graves o ayudan a combatirlas. Otros, en cambio, son muy importantes para algunos procesos, como la digestión. En nuestro organismo, por ejemplo, hay bacterias, que en conjunto forman la flora intestinal, encargada de proteger el intestino de microorganismos nocivos, de producir importantes vitaminas para el cuerpo y de descomponer los alimentos en sustancias más sencillas para facilitar su asimilación. Microorganismos como las levaduras se usan desde siglos atrás en la cocina y son hoy nuestros valiosos aliados en la preparación de deliciosas recetas.

Vino y cerveza

Para producir vino y cerveza es indispensable el proceso de fermentación alcohólica del mosto de uva y de la cebada, respectivamente, que luego se mezcla con lúpulo. Los procesos químicos generados por los *Saccharomyces cerevisiae*, una especie de levadura, generan alcohol etílico, de 11 o 12 grados de alcohol en el vino y 4 o 5 grados en la cerveza.

Louis Pasteur
(1822-1895)

Este químico y biólogo francés es considerado el fundador de la microbiología moderna. Sus estudios sobre las bacterias abrieron camino a la desinfección y esterilización, y redujeron de manera determinante las muertes por heridas y pequeñas cirugías, entre ellas los partos. Es reconocido, sobre todo, por los procesos de conservación de los alimentos y por ser quien introdujo el principio de la vacunación, al preparar las primeras vacunas contra la rabia y el ántrax o carbunco.

La levadura

Una levadura muy usada en la cocina es la levadura de cerveza, o *Saccharomyces cerevisiae*, que convierte el almidón de la harina en alcohol, produciendo dióxido de carbono para que en la masa se formen burbujas, que la hacen más suave.

Cocina

Polenta

La harina amarilla

La polenta se prepara agregando lentamente la harina de maíz, o harina amarilla, en una olla con agua hirviendo. Lo aburrido es que toca revolver continuamente la mezcla, por más de media hora, o de lo contrario se pega. No obstante, en el mercado también se encuentra la polenta instantánea, que se prepara en unos diez minutos; es una opción más cómoda.

Cuando la polenta está lista, se vierte en un plato o sobre una tabla de madera. Se puede condimentar con mantequilla o queso, salchichas o salsa de tomate.

¿Por qué mientras la polenta se cocina se forman burbujas que suben a la superficie y se rompen?

Revuelve

La polenta se debe revolver continuamente porque al subir a la superficie se enfría y se vuelve más densa, formando una costra. Esta costra hace las veces de tapa para la masa semilíquida en el interior de la olla, limita la circulación y aumenta la temperatura de la polenta que está en contacto con el fondo de la olla, haciendo que se queme.

El maíz

La polenta está hecha de harina amarilla obtenida del maíz (*Zea mays L.*), una planta originaria de América Central.

Ingredientes

- ✓ 300 g de harina amarilla
- ✓ Mantequilla
- ✓ Queso
- ✓ Salchichas
- ✓ Salsa de tomate

La olla

El calor transmitido por el metal de la olla favorece el fenómeno de convección. En general, la convección es un flujo que recoge el calor de un lado y lo deposita en otro; es justamente el transporte de calor el que mantiene el flujo en constante movimiento.

El fuego

El calor se transmite a la parte inferior del contenido de la olla. Al aumentar la temperatura, el líquido caliente se dilata y tiende a moverse hacia arriba.

Los movimientos de convección

Radiación

Conducción

Convección

La convección

Entre las formas de transmisión del calor, la convección es muy importante para los fluidos, es decir para los líquidos (como el agua) y los gases (como el aire). La convección permite que el calor se propague gracias al movimiento de las partes más calientes respecto de aquellas más frías.

La distribución del calor

La convección, es decir el movimiento circular de un fluido caliente, es muy importante, no solo para cocinar bien la polenta o para calentar un ambiente con un radiador, sino que es fundamental para la formación de los vientos y de las corrientes marinas, y, por lo tanto, para el clima de todo el planeta, porque contribuye en la distribución de las masas de aire, de agua y del calor.

Buen tiempo atmosférico

El aire frío y seco que desciende crea zonas de alta presión que propician buen tiempo atmosférico.

Perturbaciones

El aire caliente, cargado de humedad, sube y crea zonas de baja presión, que traen consigo cambios climáticos bruscos.

Los movimientos de la Tierra

Los lentos movimientos de la corteza terrestre se deben también a enormes cámaras de convección que mueven las rocas fundidas en las profundidades de la Tierra.

Cámara de convección

La polenta en la superficie, que está más fría, tiende a dirigirse hacia la base, mientras que la caliente es empujada hacia arriba: de esta manera se crea un movimiento circular que genera la llamada cámara de convección.

Jean Baptiste Joseph Fourier
(1768-1830)

Matemático y físico francés, realizó experimentos sobre la propagación del calor. Acompañó a Napoleón en la expedición a Egipto en 1798 y ocupó importantes cargos políticos y diplomáticos. Su principal obra es la *Teoría analítica del calor*, publicada en 1822, en la cual describe la propagación del calor sirviéndose de fórmulas matemáticas innovadoras para la época.

Sopa de cebolla

Un plato un poco pesado

Para preparar la sopa de cebolla, se tajan las cebollas en rodajas muy delgadas y se fríen en mantequilla en una sartén. Luego se agrega caldo hasta que se ablandan. En un molde para horno, se ponen capas sucesivas de tajadas de pan, huevos batidos, queso rallado y cebolla. Se puede servir así o se puede hornear antes por unos minutos con un poco de queso encima. Se agrega sal y pimienta al gusto.

—No tomes mucha sopa –dice mi papá–, porque te puede caer pesada.

¿Qué quiere decir mi papá?

Ingredientes
✓ Cebollas blancas grandes
✓ Tajadas de pan tostado
✓ Queso parmesano y gruyère rallado
✓ Dos huevos enteros
✓ Mantequilla
✓ Caldo
✓ Sal y pimienta

El trayecto de los alimentos
De la boca, en donde se desmenuzan y amasan con saliva, los alimentos pasan al estómago. Allí se diluyen y se digieren parcialmente, para después completar su trayecto hacia el intestino, donde se absorben las sustancias nutritivas y, por último, el agua.

Capas superpuestas
Se pueden crear más capas superpuestas de pan, huevos, queso y cebolla.

Cebollas
Las cebollas se cortan en rodajas muy delgadas, para que se ablanden fácilmente durante la cocción.

Digestión y asimilación

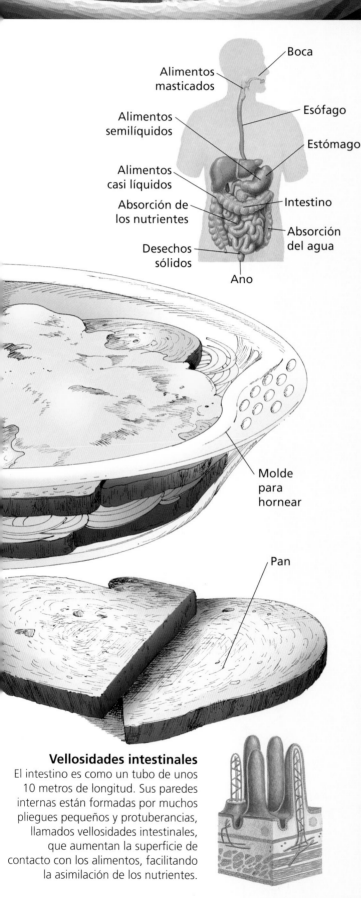

Boca
Alimentos masticados
Esófago
Alimentos semilíquidos
Estómago
Alimentos casi líquidos
Intestino
Absorción de los nutrientes
Absorción del agua
Desechos sólidos
Ano

Molde para hornear

Pan

El sistema digestivo

Después de haber sido masticados y deglutidos, los alimentos se depositan en el estómago, en donde se encuentran los jugos gástricos, que garantizan el proceso de descomposición química de los alimentos. De esta manera, las sustancias nutritivas se asimilan, es decir, son absorbidas por el cuerpo: los alimentos prosiguen su camino en el intestino hasta que las partes no digeribles se eliminan en las heces fecales. Algunos alimentos requieren más tiempo para ser asimilados y permanecen en el estómago por más tiempo, lo que produce una sensación de pesadez, debido a que sentimos el estómago lleno.

El estómago

El estómago es como un saco de paredes musculosas que amalgama los alimentos junto con los jugos gástricos y el ácido clorhídrico. Tiene dos válvulas: la superior, el cardias, se abre para dejar pasar los alimentos hacia el esófago; y la inferior, el píloro, permite el paso hacia el intestino, para desocupar el estómago.

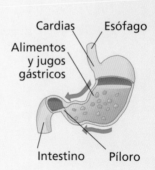

Cardias
Esófago
Alimentos y jugos gástricos
Intestino
Píloro

Vellosidades intestinales

El intestino es como un tubo de unos 10 metros de longitud. Sus paredes internas están formadas por muchos pliegues pequeños y protuberancias, llamados vellosidades intestinales, que aumentan la superficie de contacto con los alimentos, facilitando la asimilación de los nutrientes.

Lazzaro Spallanzani
(1729-1799)

Sacerdote y profesor de Matemáticas y Física, realizó importantes estudios de Biología y Fisiología, demostrando que es imposible que un ser vivo se pueda generar espontáneamente a partir de materia inanimada. Explicó la función de los jugos gástricos y mostró cómo el proceso digestivo no consiste solo en la trituración de los alimentos, sino también en una acción química, necesaria para la absorción de los nutrientes.

Fríjoles en olla de barro

Una cocción lenta, muy lenta

Fui a visitar a mi abuela, que nos preparó fríjoles cocidos en una olla de barro. Tomó los fríjoles secos, los lavó y los puso en la olla llena de agua tibia. Agregó ajo, un poco de aceite, salvia, sal y granos de pimienta. Puso la olla a fuego bajo, muy bajo, de manera que el agua hirviera ligeramente, sin hacer grandes burbujas.

—En dos horas estarán listos —dijo.

—¿No sería mas rápido si los hicieras en el microondas? —le pregunté a la abuela.

—En la olla de barro los fríjoles quedan mejor —me respondió.

¿Por qué?

Ingredientes

- ✓ 200 g de fríjoles secos
- ✓ Un litro de agua
- ✓ Un diente de ajo
- ✓ Aceite de oliva
- ✓ Una ramita de salvia
- ✓ Sal
- ✓ Granos de pimienta

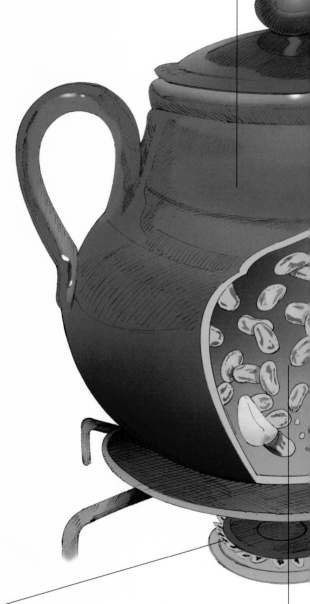

La olla de barro
La olla para los fríjoles está hecha de barro y tiene una forma particular: tiene la base ancha y es estrecha en la parte superior. De esta manera, el calor se distribuye de una manera uniforme, porque la superficie en contacto con el aire frío es menor.

El fuego
El fuego debe ser muy bajo, pues un calor muy intenso haría hervir tumultuosamente el agua mezclando con fuerza los fríjoles y reduciéndolos a una papilla. Una parrilla metálica ayuda a distribuir uniformemente el calor.

La cocción lenta
La cocción lenta es gradual y permite que el calor penetre la parte interna de los fríjoles. De esta manera, ablanda la cáscara y cocina el grano perfectamente.

Los fríjoles

No es necesario remojar previamente los fríjoles secos. En el caso de los fríjoles verdes, se debe controlar que no se deshagan después de una hora y media de cocción.

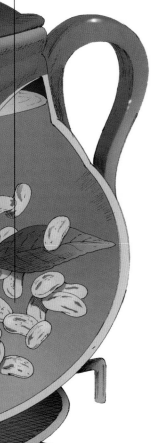

Fuego, electricidad y microondas

Varios tipos de horno

Los métodos de cocción no son todos iguales: los primeros seres humanos asaban los alimentos exponiéndolos directamente al fuego. Después crearon los recipientes de barro, con los que fue posible hervir agua y preparar sopas y caldos. Gracias a los ladrillos de barro, se construyeron los primeros hornos. Con el auge del metal nacieron las ollas de grandes dimensiones, que podían soportar calor intenso. Primero con el gas y luego con la corriente eléctrica, cambiaron los métodos y los tiempos de cocción, se hizo posible controlar el calor y que la temperatura fuera constante. La invención del horno microondas fue una verdadera revolución, pues este sistema permite calentar y cocinar muy rápida e integralmente cualquier alimento que contenga agua, grasas, proteínas o azúcares.

Las desventajas del microondas

Algunos alimentos literalmente explotan en el microondas, como los huevos enteros o las frutas o verduras con cáscara. Para evitar esto hay que picar la cáscara o cocinar solo huevos revueltos. Además, no se pueden poner objetos de metal en el microondas. Por otra parte, si el microondas está en malas condiciones, es posible que las personas queden expuestas a ondas nocivas procedentes del horno.

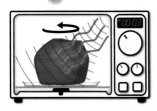

El horno microondas

En el horno microondas (arriba, a la izquierda) las ondas electromagnéticas penetran los alimentos y los calienta internamente mientras rotan en un plato. La cocción es mucho más rápida, pero distinta a los métodos tradicionales. No se puede hacer un buen filete de carne término medio, es decir, bien cocido por fuera y un poco crudo por dentro, como sí se puede hacer en un horno de gas o eléctrico (arriba, a la derecha).

Percy Lebaron Spencer
(1894-1970)

Inventor estadounidense, propietario de más de 250 patentes, es conocido por inventar el horno microondas. En 1945, mientras trabajaba en la construcción de los primeros radares, descubrió que el magnetrón, es decir el dispositivo que producía las ondas del radar, había derretido una chocolatina que tenía en el bolsillo. La producción comercial de los hornos microondas comenzó en 1947.

Cocina

Cocido mixto

Una olla extraña

La abuela preparó el cocido mixto. Puso a hervir en la olla de presión agua fría salada, 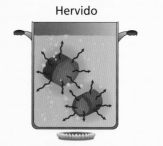 una cebolla, una rama de apio, un tomate y un poco de aceite. Minutos después de haber puesto la olla en el fuego, un chorro de vapor salió silbando por una válvula de la tapa. Luego tomó algunos trozos de carne de res, lengua y pollo, les eliminó la grasa sobrante y los puso en el agua hirviendo, durante media hora más. Al final, la carne estaba tierna y deliciosa, y el agua se había convertido en un caldo muy sabroso.

—Con una olla común habríamos gastado el doble de tiempo —dijo la abuela.

¿Por qué?

Ingredientes
- ✓ Carne de res, lengua, pollo
- ✓ Cebolla
- ✓ Apio
- ✓ Tomate
- ✓ Aceite de oliva

Hervido   Cocido

¿Hervido o cocido?

Hervir la carne significa ponerla en agua fría y aumentar la temperatura llevándola hasta la ebullición. De esta manera, las sustancias de la carne pasan al agua, transformándola en un delicioso caldo. En cambio, cocinar la carne consiste en ponerla en agua caliente. De esta forma, la parte externa de la carne se cuece, creando una capa externa que retiene las sustancias en el interior, y así la carne conserva su sabor.

Válvula

Un elemento fundamental en la olla de presión es la válvula: cuando la presión es muy elevada, se levanta permitiendo la salida del vapor, que se expande haciendo disminuir la temperatura. Si la válvula no existiera, el calor del fuego aumentaría tanto la presión que la olla explotaría como una bomba.

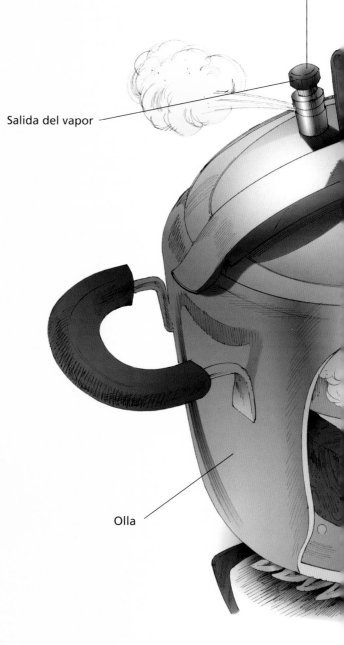

Salida del vapor

Olla

Digestor de vapor

También conocido como marmita de Papin, por su creador, es uno de los primeros modelos del digestor, la olla de presión.

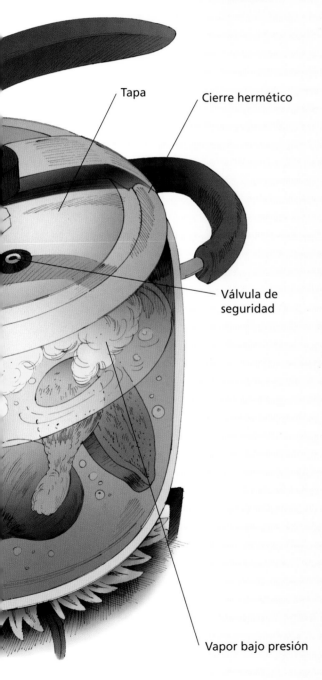

Tapa

Cierre hermético

Válvula de seguridad

Vapor bajo presión

El comportamiento de los gases

Presión, volumen y temperatura

En un gas, presión, volumen y temperatura se relacionan proporcionalmente: si un gas se calienta, es decir, si aumenta su temperatura, se expande, aumentando su volumen. Si no puede aumentar de volumen, porque el recipiente que lo contiene es rígido, entonces aumenta la presión. Si un gas se comprime, es decir, si se aumenta la presión, su volumen disminuye y aumenta su temperatura, es decir, se calienta. En la olla de presión, el volumen se mantiene constante y por lo tanto el vapor de agua no se puede expandir, pero si la temperatura aumenta, porque la olla está sellada, los alimentos se cocinan en poco tiempo.

Un gas ocupa cierto volumen a una determinada presión y temperatura.

Si la presión aumenta y la temperatura se mantiene igual, el volumen disminuye.

Si la temperatura aumenta y la presión se mantiene igual, el volumen aumenta.

Relación proporcional

El comportamiento de los gases cambia de acuerdo con la presión, la temperatura y el volumen: no se puede modificar uno de estos parámetros sin variar los otros.

Denis Papin
(1647-1712)

Matemático, físico, médico e inventor francés, construyó en 1681 la primera olla de presión, y registró la patente con la siguiente descripción: "el presente 'digestor' hace digeribles muchos alimentos, entre los cuales se encuentran las carnes más duras". Viajó con su invento primero a Inglaterra y después a Alemania, donde en 1707 construyó un motor de vapor, con el que puso en funcionamiento un bote con hélices. No obstante, los marineros de la pequeña ciudad de Münden destruyeron el invento, por temor a perder su trabajo.

Remedios para el dolor de estómago

Curarse en la cocina

Creo que comí algo que me cayó mal...
Tengo una extraña sensación en el estómago, como de ardor.

–¿Tengo que ir al médico? –le pregunté a mi abuela.

–No es necesario –me respondió–, aquí tienes un simple remedio que te aliviará al instante.

Disolvió una cucharadita de bicarbonato, en grado USP (de alimentos), un vaso de agua y me dijo que lo bebiera. Tenía un sabor extraño, como salado. Al rato, ¡el ardor en mi estómago desapareció!

¿Por qué?

Elimina los malos olores de la nevera.

La fórmula química
La fórmula química del bicarbonato de sodio es $NaHCO_3$.

Ingredientes

✓ Agua
✓ Bicarbonato de sodio

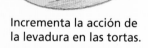

Incrementa la acción de la levadura en las tortas.

Basta una cucharadita
En general, una cucharadita de bicarbonato es más que suficiente para eliminar el ardor en el estómago.

Los nombres del bicarbonato

El bicarbonato se conoce con distintos nombres, como:
- Carbonato ácido de sodio
- Carbonato ácido monosódico
- Hidrógeno carbonato de sodio
- Baking soda
- Sal de Vichy
- En la lista de los aditivos alimentarios codificados por la Unión Europea, en grado USP, se identifica con la sigla E 500.

Sirve para ablandar la comida que queda pegada en la vajilla y las ollas antes de lavarlas.

Sirve para hacer un baño de pies relajante.

Evita la formación de ácidos nocivos en la boca, además de ser un excelente dentífrico.

Al entrar en contacto con el agua, el bicarbonato se derrite produciendo una ligera efervescencia.

Gracias a su poder ligeramente abrasivo, es útil para brillar la plata.

Elimina impurezas y residuos de frutas y verduras.

Ciencia

Las reacciones químicas

Ácidos y bases

Los jugos gástricos presentes en el estómago, gracias a los cuales sucede la digestión, son ácidos, es decir, tienen la capacidad de "descomponer" los alimentos y de transformarlos de manera que el cuerpo pueda absorber los nutrientes. Sin embargo, puede suceder que la producción de estas sustancias sea excesiva, o que comamos alimentos que en sí son muy ácidos. En este caso, las paredes del estómago, y a veces las del esófago, se irritan por los ácidos y se genera, en consecuencia, una sensación molesta de ardor.

Algunas sustancias, llamadas bases, neutralizan la acción de los ácidos. El bicarbonato es una de esas bases.

La escala del pH

El grado de acidez o alcalinidad de una sustancia se mide con la escala del pH. El papel tornasol, un tipo de reactivo, cambia de color si se pone en contacto con la sustancia que se quiere analizar: se vuelve rosado en presencia de ácidos, y azul, en contacto con las bases. Cuando el pH es 7, es decir, que se encuentra en la mitad de la escala, se dice que la sustancia es neutra.

Antoine-Laurent de Lavoiser
(1743-1794)

Considerado uno de los padres de la Química moderna, contribuyó de manera fundamental a la comprensión de las reacciones químicas, y al descubrimiento y denominación de varios elementos y compuestos. Además, explicó el mecanismo de la respiración y la importancia del oxígeno, elemento que aisló y al cual dio nombre en 1778. Murió decapitado durante la Revolución francesa.

Cocina

La hora de lavar los platos

Hoy es mi turno

Esta noche es mi turno de lavar los platos y utensilios de cocina. Algunos están demasiado sucios y grasosos: tengo que usar agua caliente y un detergente que haga mucha espuma. Otros, en cambio, como la ensaladera o las tacitas de café, basta solo con enjuagarlos. Las ollas, especialmente aquellas que tienen residuos pegados y quemados en el fondo, son más difíciles de lavar, y es necesario restregarlas con una esponja abrasiva o de metal.

¿Por qué el agua no es suficiente para lavar bien los platos?

Ingredientes

- ✓ Detergente para platos
- ✓ Esponja abrasiva
- ✓ Agua caliente

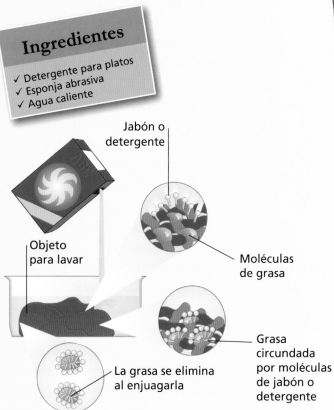

Jabón o detergente

Moléculas de grasa

Objeto para lavar

Grasa circundada por moléculas de jabón o detergente

La grasa se elimina al enjuagarla

Grasa y suciedad
Para lavar las ollas y platos muy sucios y grasosos, o con residuos pegados y quemados, a veces es necesario dejarlos en remojo en agua caliente y restregarlos luego con esponjas abrasivas.

Cómo funcionan los jabones y detergentes
Los jabones y detergentes son sales básicas, es decir que una molécula de ellas puede unirse por un lado al agua y por el otro a las grasas presentes en las superficies y los tejidos. De esta manera, logran arrancar grasa y manchas, que luego son arrastradas por el agua, cuando se enjuaga.

La tensión superficial

La tensión superficial es la fuerza con que las moléculas que forman la superficie de un líquido son atraídas hacia el interior del mismo. De esta manera, esta fuerza actúa como si fuera una película delgada y elástica. Gracias a este fenómeno, algunos insectos pueden "caminar" sobre la superficie del agua.

Jabones y detergentes

Eliminación de la grasa

Los jabones, obtenidos por la manipulación de grasas vegetales y animales; y los detergentes, de origen sintético, se utilizan para disolver las sustancias grasosas. Muchos jabones son llamados tensoactivos porque tienen la capacidad de reducir la tensión superficial de un líquido, haciendo más permeable las superficies y aumentando la propiedad de los líquidos de mezclarse entre ellos. Las moléculas que constituyen los jabones están caracterizadas por tener una parte hidrófila, es decir que atrae el agua, y una parte lipófila, que por el contrario la rechaza y se une a las grasas. Gracias a esta estructura, los jabones pueden dispersar las sustancias grasosas, como la suciedad de los platos o las manchas en los vestidos, y eliminarlas al enjuagar.

Esponja abrasiva

La parte porosa de la esponja se humedece con agua y detergente, y la parte abrasiva ayuda a despegar los residuos sólidos.

La espuma

La espuma se obtiene agitando el jabón disuelto en el agua. Las burbujas se forman gracias a la tensión superficial del agua enjabonada, que crea una película delgada en forma de esfera, que está llena de aire.

Agua caliente

Grasas disueltas

Las grasas disueltas por el detergente se separan de la superficie de las ollas y platos y se eliminan al enjuagar, junto con el detergente.

Michel Eugène Chevreul
(1786-1889)

El químico francés Michel Eugène Chevreul condujo estudios sobre los ácidos grasos y sus aplicaciones. En particular, explicó el funcionamiento de los jabones y el modo de producirlos de manera industrial. Es reconocido como el inventor de las margarinas y se considera uno de los pioneros de la Gerontología, la ciencia que estudia a los ancianos. Murió a los 102 años.

Tisana para la noche

Y ahora a la cama

El día terminó: es hora de ir a dormir.
En la noche, me gusta beber una tisana
caliente, que me ayuda a dormir mejor. En el
supermercado compré algunas flores y hojas
secas de majuelo (conocido también como
espino blanco), lavanda, tilo, manzanilla
y toronjil, todas plantas con propiedades
relajantes. Revolví todos los ingredientes y
puse dos cucharaditas de esta mezcla en agua
hirviendo. Dejé reposar por unos minutos
y luego filtré todo y le puse una cucharadita
de miel, que es mejor que el azúcar para
endulzar, porque no altera las propiedades
de la tisana.

*¿Por qué después de tomar la tisana me duermo
fácil y plácidamente?*

Manzanilla
La manzanilla
(Matricaria recutita L.)
es una de las plantas
medicinales más usadas.
Pertenece a la familia de
las asteráceas.

Agua
hirviendo

Hervidor

Ingredientes

✓ Majuelo
✓ Lavanda
✓ Tilo
✓ Manzanilla
✓ Toronjil
✓ Miel
✓ Agua caliente

Infusiones y decocciones
En la infusión los principios activos de las
hojas, flores, etc., se extraen sumergiendo
los vegetales en agua caliente. En cambio,
en una decocción la materia prima se
pone en agua fría, que luego se calienta
progresivamente hasta su ebullición.

Tisana

Majuelo o espino blanco
El majuelo *(Crataegus monogyna
Jacq.)* es una planta medicinal de
la familia de las rosáceas. Se usan
sus flores y frutos.

Infusiones y decoccciones

Las plantas medicinales

Miel
La miel, producida por las abejas obreras a partir del néctar de las flores, está compuesta principalmente por azúcares (glucosa, fructosa y sacarosa) y agua.

Desde la antigüedad, los seres humanos han usado las plantas por sus propiedades terapéuticas. En particular, algunas de ellas se usan en las farmacias en la producción de medicinas o en la preparación de tisanas. En la industria se usan ampliamente las plantas medicinales como correctoras de sabor: muchos preparados o fármacos de sabor desagradable, de hecho, se "corrigen" con la adición de sustancias vegetales que contribuyen a mejorar el sabor, a partir del "principio activo" presente en estos vegetales. Estas sustancias se extraen con agua caliente o alcohol, entre otros métodos, y producen efectos calmantes, excitantes o terapéuticos.

Las primeras medicinas
El uso de las plantas como medicina para las enfermedades se conoce desde tiempos remotos.

Plantas medicinales
En general, se consideran plantas medicinales todas aquellas plantas que, puestas en contacto con un organismo animal, ejercen en él una acción farmacológica o terapéutica, aunque esta sea leve.

Filtro

Médicos y botánicos

El griego Tirtamo, llamado Teófrasto, es decir "orador divino" (371-287 a. C.), fue discípulo y sucesor de Aristóteles. En el tratado *Historia de las plantas*, que consta de diez libros, describió por primera vez las drogas y medicinas. Pedanio Dioscórides Anazarbeo (40-90 aprox.), médico botánico y farmaceuta griego, desempeñó su oficio en Roma en tiempos de Nerón, escribió *De Materia Medica*. Cayo Plinio Cecilio Segundo, conocido como Plinio el Viejo (23-79), escritor, naturalista e historiador latino, compuso la *Naturalis Historia*, enciclopedia científica de 37 volúmenes, ocho de los cuales están dedicados a las plantas y sus propiedades medicinales.

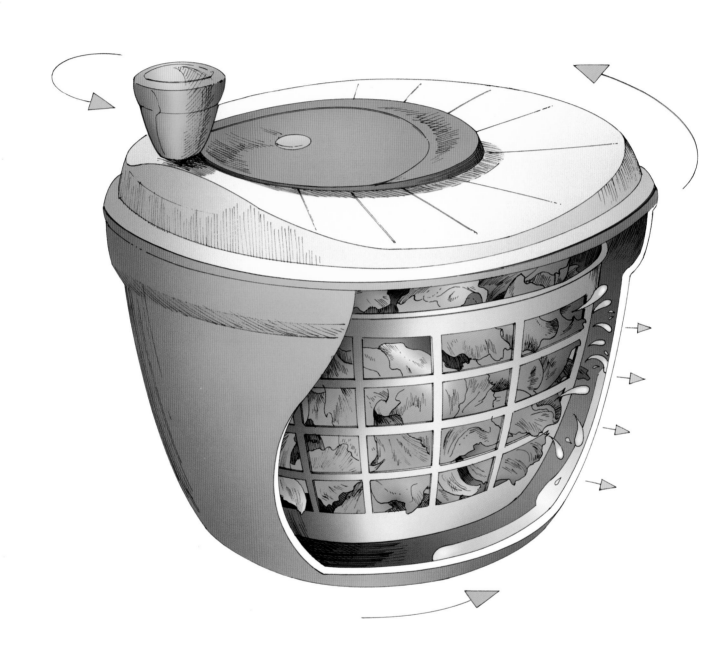

Índice analítico